CONSPIRATION

DÉVOILÉE.

A PARIS,

CHEZ LES MARCHANDS DE NOUVEAUTÉS.

1815.

AVANT - PROPOS.

Depuis l'époque de la conversation que je rapporte, jusqu'à celle du moment présent, la scène est sans doute bien changée, et l'on croiroit pouvoir se dispenser de rappeler des fautes qu'il seroit agréable d'oublier entièrement. Mais le caractère des conspirateurs n'est point amélioré; ils ont conservé la même ténacité, le même esprit, les mêmes fureurs; ils intriguent encore; ils trouvent encore des dupes dans une classe nombreuse et crédule, et l'habitude de conspirer leur en fait un besoin lors même que ce crime est sans objet. Il n'est pas de fables ridicules, de mensonges odieux, de propos incendiaires, qu'ils ne se plaisent à débiter; et cela, ce n'est pas dans une seule ville, dans un seul pays, c'est dans toute la France; c'est partout; c'est en même temps que les mêmes sottises sont débitées. Du nord au midi, de l'orient à l'occident, l'hidre s'agite, et semble encore plus furieux depuis qu'on l'a séparé de sa tête.

Étudier les manœuvres des malveillans, afin de les connoître et de les juger ; publier leurs infâmes complots ; détromper ceux qu'ils abusent ; déjouer leurs trames infernales, voilà la tâche que je propose aux vrais amis du peuple, et le but de ce léger essai. Puisse ce peuple que l'on veut égarer, ouvrir enfin les yeux, connoître les auteurs de ses maux, et se soustraire à leur tyrannique influence ! Puissent tous les Français reconnoître qu'il n'y a de salut pour eux, pour la patrie, que dans le centre légitime de l'unité, dans cette fidélité au Roi, que le cœur inspire, que le devoir commande, et dont la raison nous démontre la nécessité !

CONSPIRATION
DÉVOILÉE.

LE CONJURÉ, LE BON FRANÇAIS.

LE CONJURÉ.

Enfin, je vous l'assure, Napoléon est débarqué en France avec douze cents hommes.

LE BON FRANÇAIS.

Qui a pu le porter à cette extravagance ? Il va se perdre.

LE CONJURÉ.

Quoi ! vous êtes si peu au courant de ce qui se prépare ?

LE BON FRANÇAIS.

Il ne réussira pas.

LE CONJURÉ.

Nous sommes assurés du succès ; il remontera sur le trône, c'est moi qui vous le dis.

LE BON FRANÇAIS.

Cela n'est pas possible. Le Roi est aimé ; son

gouvernement est solidement constitué; la confiance règne ; les finances se rétablissent ; le commerce prospère; tout le monde est content : et, certainement, ce ne sera pas la présence d'un seul homme qui viendra troubler la paix de la France.

LE CONJURÉ.

Comme vous raisonnez ! vous connoissez bien peu le monde ! Et moi je vous dis que, malgré cet enthousiasme, le Roi ne pourra résister, et qu'aux cris de *vive le Roi !* si répétés maintenant dans la capitale , succéderont dans peu de jours ceux de *vive l'empereur !*

LE BON FRANÇAIS.

Vous avez donc des moyens bien déterminans , pour opérer un pareil changement ?

LE CONJURÉ.

Nous avons cent cinquante mille baïonnettes.

LE BON FRANÇAIS.

Est-ce qu'il seroit possible que l'armée ne restât pas fidèle aux sermens qu'elle vient de prêter ?

LE CONJURÉ.

Des sermens ! vous parlez comme un homme de l'autre siècle. Est-ce quelque chose aujourd'hui ? Le soldat est toujours pour celui qui le paye et le fait battre ; on lui promettra quelques sous de plus, la guerre, de l'avancement, et il marchera.

LE BON FRANÇAIS.

Quoi ! il marcheroit à la boucherie, au lieu de vivre paisible et heureux avec le Roi !

LE CONJURÉ.

N'importe : les soldats aiment la guerre ; ils aiment Napoléon qui les a si souvent conduits à la victoire : il suffira qu'il se présente à eux, pour que tous se réunissent à lui. Il leur rappellera Marengo, Austerlitz, Jéna, Tilsitt, leur valeur et leurs triomphes ; il les entraînera sous ses drapeaux, entrera dans Paris à leur tête, et les conduira encore au bout du monde, s'il le veut.

LE BON FRANÇAIS.

Cependant, s'il est débarqué avec si peu de monde, c'est une bien grande témérité de sa part ; car, avant que son armée se soit réunie à lui, il suffiroit pour l'exterminer qu'il se trouvât sur son passage quelques troupes restées fidèles au Roi ; et certes il doit y en avoir.

LE CONJURÉ.

Cela ne sera pas ; nous y avons pourvu. Le

Roi sera trahi. Croyez-moi, vous pouvez vous en rapporter à nous pour cela. Les troupes que l'on enverra contre Napoléon se réuniront à lui ; et plus on en conduira, plus son armée s'accroîtra.

LE BON FRANÇAIS.

Eh bien, supposons qu'il remonte sur le trône, puisque c'est une affaire arrangée, croyez-vous qu'il puisse s'y maintenir long-temps ? Je vois la guerre civile, la guerre étrangère, des villes brûlées, des campagnes ravagées, les impôts doublés, le commerce anéanti, le peuple accablé de réquisitions et de tous les maux que la guerre entraîne ; et ces fléaux peseront sur nous tant que nous serons dominés par Napoléon : or, un état de crise si violent ne peut durer long-temps.

LE CONJURÉ.

Pourquoi cela ? Il n'y a qu'à le laisser régner en paix, et l'on ne verra rien de tout ce que vous craignez.

LE BON FRANÇAIS.

Régner en paix ! y pensez-vous ? Quand même tout le monde y consentiroit, le voudroit - il ? Pour être convaincu du contraire, il ne faut que du bon sens et de l'expérience. La guerre est son élément ; il la fait, parce que c'est son jeu, sa passion. S'il n'avoit pas été dominé par une ambition insatiable, il nous eût certainement fait goûter ce repos après ces premières années de son règne, qui furent pour lui des années de gloire et de prospérité. C'est alors que, n'ayant plus d'ennemis à combattre, il provoqua en Espagne, par sa perfidie, une guerre odieuse et cruelle; puis, contre toute raison, s'avisa de conduire au fond de la Russie des centaines de milliers de braves soldats, qui furent inutilement sacrifiés à son délire furieux. Ce fut de cet expédition insensée que datèrent ses malheurs et les nôtres; c'est elle qui a manifesté à toute l'Europe son caractère fougueux, affoibli notre puissance, et fait entrevoir aux autres nations la possibilité de nous vaincre. Alors, le même sentiment les réunit, la haine du perturbateur en fit nos ennemis; et l'ambition effrénée d'un seul homme amena jusque dans le sein de notre infortunée patrie des fléaux que la France n'étoit jamais destinée à éprouver.

LE CONJURÉ.

Il est guéri de cette ambition. Le malheur est l'école du sage.

LE BON FRANÇAIS.

Qui vous a dit qu'il en étoit guéri, et qu'en lui rendant les moyens de la satisfaire, il ne se livrera pas à de nouveaux excès ? En attendant, vous allez, sur une simple supposition, rouvrir l'abîme de tous nos maux, et recharger de matières combustibles le foyer d'un incendie mal éteint. Sans doute, il ne désire pas la guerre actuellement ; car il ne pourroit pas la faire avec avantage : mais vous devez être sûr qu'un homme d'un tel caractère est fait pour méditer des vengeances.

LE CONJURÉ.

Aussi, je pense qu'il nous faut la guerre aussitôt qu'on le pourra ; les vengeances de Napoléon sont celles de la France, qui a été outragée dans la dernière campagne et qui désire se venger. C'est pour cela que nous voulons Napoléon et que nous lui sommes dévoués ; nous voulons tout sacrifier pour sa gloire qui, deviendra la nôtre ; nous voulons regagner tout ce que nous avons perdu, et reporter au Rhin les limites de la France.

LE BON FRANÇAIS.

Oui, sans doute ; ensuite il faudra reconquérir un royaume pour le frère Jérôme, puis pour le frère Joseph, puis pour le frère Louis, comme nous l'avons fait depuis dix ans, et cela au prix du sang de tous nos braves, dont on a sacrifié des millions pour faire des apanages à ces messieurs.

Il n'y a pas de servitude, de tyrannie, de féodalité égale à celle-là : de quel droit nous faire prodiguer nos vies et nos fortunes pour cette famille dont la multiplication n'a été que le fléau du monde? Pensez-vous, d'ailleurs, que ce manége-là convienne aux autres puissances, et que l'Europe entière se laisse vexer pour satisfaire l'ambition d'un seul homme ?

LE CONJURÉ.

L'Europe ! eh croyez-vous donc que tous les souverains puissent s'entendre et se réunir pour un seul objet ? Ne sait-on pas ce que c'est qu'une coalition de puissances, dont les intérêts finissent toujours par se diviser? Il n'y a point de coalition à laquelle Napoléon ne puisse tenir tête. La France n'a jamais été vaincue et ne peut l'être. Si elle a éprouvé des revers, c'est par l'effet de la trahison. Or, maintenant, Napoléon connoît les traîtres, on ne peut plus le tromper ; d'ailleurs, il commandera ses armées en personne, et je vous réponds du succès. Et puis, nous avons des alliés ; nous avons chez tous les peuples de nombreux partisans. La Belgique est à nous de cœur ; il ne faudra que la présence de quelques-unes de nos troupes sur ses frontières, pour la faire déclarer en notre faveur. L'Italie nous est dévouée ; elle n'attend que l'instant de rompre ses fers, et le roi de Naples, qui marche à la tête de quatre-vingt mille hommes, va lui en donner les moyens. Marie-Louise est des nôtres, ainsi que son père. La Russie est trop loin de nous pour se mêler de nos querelles; d'ailleurs, la Pologne et la Turquie vont l'occuper chez elle. L'Espagne, affoiblie par une longue guerre, et par ses divisions particulières, est près d'éprouver une nouvelle révolution qui nous sera favorable. Quant aux Anglais et aux Prussiens, s'ils osent nous attaquer, c'est ce que nous désirons, nous saurons nous défendre, et même repousser ces derniers jusqu'à Berlin, pour leur apprendre à se mêler de nos affaires.

LE BON FRANÇAIS.

Tout cela est fort bien conçu : mais si par hasard votre politique étoit en défaut; si toute l'Europe, pénétrée de ses véritables intérêts, se réunissoit contre l'ennemi commun, contre celui qui n'a cessé de la tourmenter autant qu'il l'a pu, dans quelles calamités ne plongeriez-vous pas notre malheureuse patrie ? Et, si nous ne sommes pas assez insensés pour nous laisser abîmer par un seul homme, vous conduirez votre héros à une perte certaine, en lui faisant quitter l'asile qu'il a dû à la générosité de ses vainqueurs.

LE CONJURÉ.

Ne croyez pas que nous abandonnions jamais celui auquel nous sommes si dévoués. Les bases sur lesquelles reposera son trône sont solidement constituées.

LE BON FRANÇAIS.

Vous me faites trembler.

LE CONJURÉ.

Je vois que vous ne savez pas jusqu'à quel point nous sommes forts, c'est ce qui vous rend trembleur et alarmiste ; c'est ce qui vous empêche d'avoir de grandes pensées, des idées libérales : vous allez connoître combien est profonde notre politique, et vos préjugés se dissiperont. Sachez donc que le grand plan que nous avons conçu consiste à faire de la cause de Napoléon celle du peuple.

LE BON FRANÇAIS.

Il faut être bien habile pour cela ; car rien n'est plus incompatible avec le bonheur du peuple, que la cause de Napoléon, son ambition et son humeur guerrière.

LE CONJURÉ.

Vous m'importunez, avec vos idées de bonheur

et de paix ; ce sont des préjugés , des petitesses que tout cela : c'étoit bon sous votre bon Roi ! quant à nous , nous ne nous occupons que de gloire , nous ne travaillons que pour elle et pour le héros qui nous y conduit.

LE BON FRANÇAIS.

Mais si le peuple, qui tient assez à son bonheur, quoi que vous en disiez, vient à s'apercevoir que votre héros le conduit à sa perte?

LE CONJURÉ.

Êtes-vous donc assez bon pour croire que le peuple doive s'apercevoir de quelque chose avec nous ? Quand il est conduit par des mains habiles comme les nôtres . il ne voit que ce que l'on veut, croit tout ce qu'on lui dit, et fait tout ce qu'on lui demande.

LE BON FRANÇAIS.

Vous me paroissez habile en politique, et faire des choses merveilleuses; dites - moi donc vos moyens , s'il vous plaît.

LE CONJURÉ.

Les voici , puisqu'il faut tout vous dire : Le premier pas à faire , comme dans tout changement de gouvernement, est de rendre odieuse l'autorité que l'on veut abattre ; c'est ce qui nous a occupés depuis l'exil de notre héros : nous le présenterons ensuite comme un libérateur.

LE BON FRANÇAIS.

Comment ferez-vous pour cela ? car il est certain, et tout le monde sait, que nous jouissons du gouvernement le plus doux, le plus pacifique, le plus libéral, le plus paternel ; et depuis dix mois qu'il dure, les malheurs que la folie de Napoléon avoit attirés sur nous sont presque entièrement réparés.

LE CONJURÉ.

Cette difficulté n'embarrassera jamais des gens comme nous, que rien n'arrête. Nous ne dirons pas de mal de la personne du Roi, elle est trop généralement respectée ; mais nous jeterons une grande défaveur sur une dynastie que les ennemis de la France sont venus replacer sur le trône, après avoir dévasté plusieurs provinces. Par ce moyen, les habitans des pays qui ont été le théâtre de la guerre, attribuant au Roi, qu'ils ne connoissent pas encore, tous les maux qu'ils ont soufferts, deviendront les zélés partisans de celui qui vient les délivrer de sa domination.

LE BON FRANÇAIS.

Mais vous les tromperez, et leur donnerez
contre le meilleur des Rois des préventions fausses
et dangereuses : car ce n'est point pour rétablir
les Bourbons que les alliés nous ont fait la guerre;
leur ligue contre nous n'a été qu'une réaction
de l'Europe contre l'homme qui, depuis dix ans,
n'avoit cessé de la désoler. Si Napoléon n'avoit
point provoqué avec tant d'acharnement les fureurs du genre humain contre lui, il n'eût point
été déplacé, et Paris n'eût point vu dans son
sein de nombreuses armées parties des confins de
l'Asie. Si, dans ce moment de vengeance, l'an-
tique et vénérable nom des Bourbons n'avoit pas
été prononcé ; si les vrais amis de leur patrie, si
les bons Français, n'avoient pas exprimé vivement leur vœu pour Louis XVIII auprès des
souverains alliés, nous étions à la merci de nos
conquérans, et, sans doute, ils n'eussent pas conservé l'intégrité de son territoire à ce pays dont
l'étendue et la puissance avoient été pour eux
tant de fois des sujets d'alarmes et de calamités.
Le rétablissement des Bourbons sur le trône étoit
même si peu certain, que, si les premières
autorités de l'état eussent demandé un autre
gouvernement, les souverains alliés y eussent
consenti. Il leur étoit égal qui nous comman-

dât, pourvu que leur tranquillité ne fût plus troublée. Loin donc d'avoir été la cause de la guerre, vous voyez bien que le Roi a été et est encore le gage de la paix de la France et du bonheur du monde. Il s'est présenté, et dès lors il n'y a plus eu d'ennemis; l'Europe n'a plus été qu'une nombreuse famille de frères réunis par le même lien, et se livrant tous à la joie dans la grande fête de la pacification universelle.

LE CONJURÉ.

Ce que vous dites est très-vrai; mais comme cela ne rempliroit pas notre but, nous parlerons autrement, et si quelqu'un osoit nous contredire, nous l'appellerions *royaliste*. Nous dirons donc, et nous répéterons sans cesse, que nous ne voulons pas d'un Roi que les Cosaques nous ont donné; nous aurons soin de dire du mal des princes; nous supposerons aux prêtres une grande influence à la cour; nous assurerons savoir de source certaine que le rétablissement de la dîme, des droits seigneuriaux, de la féodalité, étoit projeté, et qu'on alloit revenir sur la vente des domaines nationaux.

LE BON FRANÇAIS.

Mais rien de tout cela n'est vrai.

LE CONJURÉ.

Qu'est-ce que cela fait en politique? Il suffit qu'il soit de notre intérêt de le persuader; c'est à quoi nous emploierons tous nos moyens : car le point principal est de mettre dans nos intérêts la classe nombreuse de la nation, afin qu'elle fasse cause commune avec nous; et comme il est naturel de croire que ceux qui sont les plus forts aiment à rentrer dans leurs droits, nous persuaderons facilement qu'une cour, que nous dirons influencée par les émigrés, les nobles et les prêtres, pense à leur rendre toutes leurs anciennes prérogatives.

LE BON FRANÇAIS.

Mais, encore une fois, tout le monde sait que le Roi, loin d'être porté à prendre de telles mesures, a cru devoir sacrifier à une sage politique les intérêts du clergé, de la noblesse et des émigrés, et que ceux qui ont perdu leurs droits et leurs biens il y a près de vingt-cinq ans, sont assez éclairés pour savoir qu'il n'y faut plus penser. On sait qu'ils ne désirent que la paix et la tranquillité, et que, loin d'être dominés par de petites idées d'intérêt personnel, leur dévouement au bien de l'état leur fait abandonner généreusement toutes les prétentions qui pourroient nuire à l'harmonie générale.

LE CONJURÉ.

Cette manière de penser et d'agir est trop noble et trop délicate pour être sentie par nos gens. La multitude ne concevra jamais un sacrifice généreux qu'elle ne feroit pas elle-même ; et vous auriez beau vouloir le lui faire entendre, elle nous écoutera toujours de préférence à vous : d'ailleurs, on croit facilement tout ce qui tend à exciter les passions haineuses, et nous aurons soin d'en souffler le feu partout. J'observe encore que, dans le nombre des prêtres, des nobles, des émigrés ou de ceux qui leur sont attachés, quelques-uns ont dû nécessairement laisser échapper des propos tendant à donner du poids à nos assertions ; alors nous les releverons soigneusement, et les répéterons partout : au besoin même, nous saurons en inventer. Nous dirons donc hardiment tout ce qu'il est de notre intérêt de faire croire : grandes nouvelles, petites anecdotes, bruits de conspiration, tout sera employé à propos ; nous avons, en France, quarante mille trompettes à nos ordres, pour répandre et propager tout ce que nous jugeons convenable. Avec de l'argent, on fait tout ce que l'on veut, et nous savons que, dans les grandes circonstances, il ne le faut pas épargner. Vingt-cinq années d'expérience nous ont appris à conduire les hommes. Aussitôt que Napoléon sera rétabli, il répétera toutes nos assertions, il les fera proclamer et afficher partout; et le peuple, qui verra jusqu'à quel point nous étions au courant, croira, sans examiner, tout ce que nous voudrons lui dire.

LE BON FRANÇAIS.

Vous tromperez bien ainsi la masse ignorante et irréfléchie; mais vous n'en imposerez pas aux gens raisonnables et instruits.

LE CONJURÉ.

Que nous importe? nous nous en passerons; et pour les empêcher de nous contredire, nous leur ferons peur; nous les ferons passer pour des mauvais citoyens, des gens suspects, royalistes, contre-révolutionnaires. Ils n'oseront rien dire au peuple, qui d'ailleurs ne les croiroit pas; et s'ils étoient assez hardis pour contrarier nos opérations, nous les ferions dénoncer, incarcérer, assommer même en cas de besoin : nous les maintiendrons toujours ainsi dans une grande terreur. Nous parlerons toujours d'émeutes populaires; nous en provoquerons quelques-unes pour servir d'exemple ; nous désignerons partout des victimes, et nous aurons soin de faire prendre à la partie agissante de la nation une attitude qui en impose à tous ceux qui ne seroient pas de notre bord.

LE BON FRANÇAIS.

Ce pauvre peuple, comme vous allez le mener ! comme il va être dupe de vos stratagèmes !

LE CONJURÉ.

Il faut cela ; c'est ainsi que l'on administre et que l'on gouverne : aussi est-ce à nous qu'il appartient spécialement de savoir bien conduire l'opinion. Nous formons une société très-étendue ; le même intérêt, les mêmes passions nous unissent ; nous sentons vivement, nous agissons de même ; nous sommes partout, dans les cafés, dans les groupes, dans toutes les réunions. Rien de surveillant comme notre police, rien d'influent comme nos principes. La masse ignorante nous consulte ; nous avons sa confiance. Pour conserver notre empire sur elle, nous avons soin de l'entretenir dans une défiance continuelle contre les nobles et les royalistes, qui, d'ailleurs, sont beaucoup moins actifs que nous. Concentrés entre eux dans leurs salons, communiquant peu avec le peuple, ils n'obtiendront jamais l'ascendant que nous avons sur lui : il est tel, que, quand même nous aurions tort et les autres raison, nous trouverions toujours le moyen de l'emporter dans l'opinion.

LE BON FRANÇAIS.

Je vois que votre art est celui des défenseurs des scélérats, qui savent faire valoir les plus mauvaises causes.

LE CONJURÉ.

C'est un grand art que celui de gouverner, et notre méthode est la seule bonne. Voilà pourquoi tous vos honnêtes gens, tous vos Bourbons, tous vos royalistes ne feront jamais rien; nous les déjouerons toujours. Nous avons des moyens bien plus étendus. Nous ne calculons pas si une chose est vraie ou fausse, juste ou injuste, mais si elle conduit à notre but.

LE BON FRANÇAIS.

Mais si le but que vous vous proposez est le malheur de votre nation, si vous voulez la sacrifier toute entière à l'ambition d'un seul homme, votre gouvernement habile n'est qu'une adroite et perfide conspiration contre le bonheur de votre patrie. Vous êtes les suppôts de la plus vile tyrannie, et, pour perdre ce peuple que vous aveuglez, vous employez le mensonge, le parjure, la calomnie; vous provoquez les haines, les séditions, les guerres, les dévastations, et vous troublez tout le genre humain.

LE CONJURÉ.

Ce ne sont là que des déclamations qui ne nous empêcheront pas d'agir. Le fait est que Napoléon va remonter sur le trône; voilà l'essentiel; et quand il y sera, nous saurons bien l'y maintenir.

LE BON FRANÇAIS.

Comment ferez-vous si toute l'Europe vous attaque? Il vous faudra, pour lui résister, un million de soldats et des milliards de contributions.

LE CONJURÉ.

Elle ne le feroit pas, elle ne l'oseroit. Dans tous les cas, si nous avions besoin de soldats, la crainte de la dîme nous en fourniroit deux millions.

LE BON FRANÇAIS.

Vous croyez donc que tout le peuple iroit se faire égorger pour une crainte chimérique; qu'il iroit exposer ses moissons à être ravagées, ses villes à être incendiées, ses campagnes à être pillées; qu'il verroit ruiner son commerce, détruire son agriculture, et doubler ses impôts pour votre bon plaisir?

LE CONJURÉ.

Oui, je vous en réponds. Vous ne connoissez ni

le peuple, ni l'ascendant que nous avons sur lui.
Une fois que Napoléon aura fait cause commune
avec lui, la guerre deviendra nationale : or, on
ne peut vaincre un peuple qui se lève tout entier
pour défendre sa liberté et ses intérêts.

LE BON FRANÇAIS.

Mais il ne s'agira ni de l'un ni de l'autre ; au
contraire.

LE CONJURÉ.

C'est égal ; il le croira, et voilà tout ce qu'il nous
faut.

LE BON FRANÇAIS.

Pourquoi donc vouloir le tromper pour le
perdre, et ne pas lui conserver le gouvernement
paternel du meilleur des Rois ?

LE CONJURÉ.

Vous êtes un royaliste, un homme à préjugés ;
vous ne connoissez rien à la politique : il n'y a pas
moyen de vous faire entendre raison.

LE BON FRANÇAIS.

Maudite soit votre politique et tous ceux qui
l'emploient pour nous perdre. Je ne vois qu'une
seule chose, le bonheur de ma patrie. *Le salut du*

peuple est la suprême loi : c'est de ce principe que je pars pour m'attacher à celui qui seul peut l'assurer ; à ce régime bon et loyal de nos Rois, sous lesquels la France a passé ses plus beaux jours ; à ce gouvernement paisible et juste, qui, content de ce qu'il possède, n'ambitionne point ce qu'il n'a pas ; à ce Roi vénérable, dans la droiture duquel l'Europe trouve la garantie de son repos et de sa sûreté, aux pieds duquel, oubliant ses vengeances, elle a déposé ses armes et ses fureurs, et qui, rappelé après vingt-cinq ans par de fidèles sujets, a paru au milieu d'eux comme l'ange tutélaire de la paix. C'est sous les auspices de ce bon Roi que j'aime à me reposer et à me livrer aux sentimens qu'il inspire ; et je m'indigne contre des frénétiques qui viennent troubler ma paix et celle du genre humain, en nous remettant sous le joug de cet hidre qui nous dévore par milliers.

LE CONJURÉ.

Vous craignez la guerre comme un poltron ; mais il est possible que vous ne l'ayez pas : on n'a qu'à laisser régner Napoléon ; voilà tout ce qu'il désire.

LE BON FRANÇAIS.

Vous croyez donc que les souverains qu'il a voulu tant de fois détrôner le verront de sang froid reprendre une autorité qui leur a tant coûté à abattre, et dont la vengeance dirigeroit contre eux l'emploi tôt ou tard ? Croyez-vous qu'ils laisseront prendre racine dans un aussi puissant royaume que le nôtre à un système destructeur, à une politique machiavélique, qui ne tend à rien moins qu'à lâcher la bride aux passions les plus dangereuses, à organiser la guerre, la dévastation, la ruine des empires, et à mettre toute l'Europe en combustion ?

LE CONJURÉ.

Eh bien, s'ils osent nous attaquer, qu'ils prennent garde à eux ; ils auront à combattre un hidre dont les têtes reparoîtront toujours. Qu'ils sachent que les ramifications secrètes de notre grande société s'étendent jusque sous les bases de tous les trônes.

LE BON FRANÇAIS.

C'est précisément à cause de cela qu'ils ne peuvent se dispenser de réunir toute leur puissance pour une cause qui est la leur, de laquelle dépendent la stabilité de leurs trônes et le repos de l'Europe. C'est pour cela que c'est une atrocité d'aveugler ce malheureux peuple, pour le présenter aux coups redoublés de toute cette masse, et le porter, contre le genre humain, à une résistance qui doit nécessairement l'anéantir.

LE CONJURÉ.

La France peut souffrir, mais elle ne peut être détruite : plus il y aura de victimes, de villes brûlées, de campagnes ravagées, plus le peuple sera irrité, plus il sera opposé à une dynastie que nous lui présenterons toujours comme la cause de tous ces maux, plus nous aurons d'ascendant sur lui ; et si, ce qui n'est pas croyable, nous avions du dessous momentanément, notre plan est déjà formé, et nous trouverions dans nos désastres mêmes les élémens d'une seconde révolution. Si donc nous succombons, nous ne serons pas abattus, nous aurons soin de résister partout, de faire fortifier et défendre toutes les villes, d'ordonner des levées extraordinaires, et de montrer une obstination et un acharnement qui irritent nos ennemis contre le peuple, afin qu'ils lui fassent le plus de mal possible ; on les détestera comme des bêtes féroces, et en leur assimilant les royalistes, que nous présenterons comme la cause de tous ces maux, nous les ferons considérer tous comme autant de cosaques à jamais exécrés. Pour cela, il faudra contrarier toutes les mesures de douceur et de clémence que le Roi voudra sans doute obtenir de nos ennemis en notre faveur ; il faudra surtout en empêcher la connoissance, et faire fusiller tout porteur de proclamations ; il faudra, si le théâtre de la guerre se trouve en France, la soutenir avec acharnement, afin que les étrangers vexent, pillent, brûlent, ravagent les moissons, ruinent les familles, fassent sauter les villes, et qu'ils exaspèrent au dernier degré. Plus nous verrons de ces excès, de ces scènes horribles qu'amene une guerre cruelle, plus nous serons satisfaits. C'est avec ces manœuvres habiles que les grands politiques savent tirer leur salut de leurs revers mêmes, et se préparer des ressources pour l'avenir.

LE BON FRANÇAIS.

Où suis-je? qu'entends-je? est-ce un homme? est-ce un Français qui me parle? quelle idée effroyable vous me donnez de Napoléon et de ses perfides complices! C'est l'Enfer déchaîné! Oui, l'Enfer seul peut conspirer ainsi contre le repos des nations, calomnier la vertu, persécuter les gens de bien; lui seul peut exciter la haine des nations contre la bonté même, contre ce Roi que des factieux seuls peuvent ne pas aimer, que le monde entier vénère, et qui feroit notre bonheur si nous savions nous le conserver. Le triomphe du crime va combler la mesure de nos maux : livrés à l'empire de tous ses agens, qu'allons-nous devenir? Je vois ce lion furieux respirant la guerre et le carnage, s'avancer en rugissant contre ma malheureuse patrie; il voudra la punir du bonheur qu'elle a éprouvé hors de ses fers, des sentimens qu'elle a exprimés, des larmes d'attendrissement qu'elle a répandues dans les bras de son bon Roi, de son père. Sa politique astucieuse pourra peut-être lui faire ajourner ses vengeances; mais aucun motif ne l'empêchera de nous asservir de la manière la plus dure à son joug tyrannique. C'est alors qu'altéré d'argent et d'hommes, il va, par des réquisitions et des levées exigées sous peine de mort, pressurer de nouveau nos fortunes et notre sang. S'il voit sa proie lui échapper, combien sera terrible sa dernière résistance! Il ne tiendra pas à lui que sa ruine ne soit accompagnée d'un embrasement universel; il léguera à d'autres sa haine contre nous, et à nous tous les maux que son infernale politique se sera efforcée de faire succéder à sa chute.

Faut-il donc que ce peuple infortuné soit tellement aveuglé, qu'il ne soit pas possible de lui faire connoître l'horreur de cette conspiration qui se trame contre lui, ni de l'empêcher d'en être la malheureuse victime? Jusqu'à quand donnera-t-il sa confiance à ceux qui le trompent, et sera-t-il, par ses méprises, l'artisan de ses propres maux? Jusqu'à quand, insolent contre la bonté, et rampant sous la tyrannie, sera-t-il indocile et rebelle à la voix de son père, pour se rendre le servile esclave des méchans? Puissent au moins les maux où son aveuglement va l'entraîner, le sortir de cet état de démence, et déchirer le bandeau que ses ennemis lui tiennent sur les yeux depuis tant d'années !

FIN.

De l'Imprimerie de CELLOT, rue des Gr.-Augustins, n° 9.